# NOUVEAUX

# SOUVENIRS

# MARSEILLAIS

## MARSEILLE

IMPRIMERIE ET LITHOGRAPHIE H. SEREN
Quai de Rive-Neuve, 3.

—

1866

L'accueil fait à mes Souvenirs Marseillais me permet de penser que d'autres souvenirs pourront être, de même, favorablement accueillis.

J'ai donc opéré de nouvelles fouilles dans mes vieux manuscrits, pour en retirer les deux pièces que je livre aujourd'hui à l'imprimeur.

L'une : Tragédie de Carnaval, a été représentée sur quelques théâtres de société, dont plusieurs acteurs vivent encore ; l'autre : Audience d'un Juge de Paix, rappellera le regrettable Julien de Madon à ceux de ses contemporains qui lui survivent.

J. CHAPONNIÈRE.

Novembre 1866.

# HECTOLITRE ET PIQUETTE

## TRAGÉDIE DE CARNAVAL

### EN NEUF SCÈNES

# PERSONNAGES.

—◦•◦◦•◦—

APREVIN , cabaretier, à l'enseigne des *Trois Rois*.

PIQUETTE , sa fille.

HECTOLITRE , commis aux octrois , et fils de LA BRETTE ,
   vieux militaire , absent.

BISTOQUET, garçon de billard.

La scène se passe à Marseille , dans la rue du Grand Chemin d'Aix,
devant le cabaret d'Aprevin.

# HECTOLITRE ET PIQUETTE

## TRAGÉDIE DE CARNAVAL

### *EN NEUF SCÈNES*

—◦◦◦—

## SCÈNE I<sup>re</sup>.

### HECTOLITRE, BISTOQUET.

HECTOLITRE.

Le dessin en est pris, je pars, cher Bistoquet,
Je quitte dès ce jour Marseille et mon objet ;
Depuis plus de six mois éloigné de mon père
J'ignore ce qu'il fait, ou ce qu'il compte faire,
J'ignore jusqu'aux lieux qui le peuvent cacher.

BISTOQUET.

Où diable, pourrez-vous, seigneur , le dénicher?
Déjà pour adoucir vos craintes filiales
J'ai couru le chercher jusqu'aux terres australes ;
J'ai demandé La Brette aux peuples de ces bords
Où l'on porte en chantant ceux qui vont chez les morts ;
J'ai visité St-Just, St-Joseph, St-Jérôme,
St-Loup, St-Barnabé, St-Pons, la Sainte-Baume,
La Viste, le Pharo, la Rose, le Canet,
Logisson-les-Gardiole et même le Rouet :
Hélas ! dans ces climats que brûle un ciel paisible
Votre père à mes yeux fut toujours invisible ;
Pour le chercher, en vain je me suis mis en eau ;
Loin de me rebuter, je pars pour Ratonneau ;
Confiant à la mer ma recherche incertaine ,
J'espérais le trouver, au moins en quarantaine. . . .
Mais, oh ! sort trop rétif, on saisist mon exquif
Et je suis mis tout vif, captif, au château d'If !

HECTOLITRE.

Ah ! je sais, cher ami, dans ces jours de tristesse
Combien t'ont dû coûter tous tes traits de tendresse.

BISTOQUET.

En quel droit le sort peut-il l'avoir jeté ?
En quel lieu le héros peut-il s'être arrêté ?
Qui sait, même, qui sait si le père La Brette
Veut que de ses destins on trouve la cachette ,
Et si lorsqu'avec vous nous sommes dans le deuil ,
Tranquille en son logis il ne s'en bat point l'œil
En menant à bon port quelque vieille amourette !

HECTOLITRE.

Arrête, Bistoquet, et respecte La Brette....
De ses jeunes erreurs désormais revenu
Sur le sexe, à présent, il est très-retenu ,
Et la mort seule peut..... Il faut que j'éclaircisse
Un doute aussi cruel..... ou j'en prends la jaunisse !

BISTOQUET.

Grands dieux ! Quels vertigos vous peuvent émouvoir ;
Vous êtes un trembleur, vous voyez tout en noir.
*( à part )* Ne le détournons point, pourtant, de sa folie ;
Elle sert mon amour avec ma jalousie.

HECTOLITRE.

Ah ! mon cher Bistoquet, au sort de mon papa
Ne puis-je, hélas ! songer ? Quel mal trouves-tu là ?

BISTOQUET.

Aucun, seigneur, aucun ; mais que dira Piquette,
Lorsque vous aurez pris la poudre d'escampette ;
Ne l'aimez-vous donc plus ?

HECTOLITRE.

Oh ! ciel, peux-tu douter
D'un amour que cent fois tu pus voir éclater ?
Je l'adore toujours jusqu'à la frénésie ;

Mon cœur est un volcan, mon âme un incendie
Qu'augmentent chaque jour ses traits et ses beaux yeux,
Qui semblent jeter l'huile à pleins seaux sur mes feux...
Mais quand de cet amour j'occupe ma pensée
Par les cris du remords mon oreille est blessée :
« Malheureux! tu jouis et ton père mourant
« Peut-être te maudit, tout bas, en expirant!
« Enfant dénaturé, peux-tu tarder encore...?
« Cherche ton ascendant jusqu'au fond du Bosphore,
« Ou redoute du ciel le trop juste courroux
« Qui frappera ton front, si tu deviens époux... »
Je ne puis barguigner, il faut que je détale.


BISTOQUET.


Oh! devoir trop sévère, oh! tendresse fatale!
Hélas! il faut partir, sans faire vos adieux,
Et le plus tôt, ma foi, ne sera que le mieux.
Décampez sur-le-champ, malheureux Hectolitre,
Ainsi le veut Celui, qui du monde est l'arbitre.

HECTOLITRE.

Oui, trop sensible ami, vertueux Bistoquet,
Je vais à l'instant même apprêter mon paquet.

*(Il s'en va, puis revient).*

Cache, cache, surtout à l'aimable Piquette
La route que je prends, le lieu de ma retraite. . .

BISTOQUET.

Les lieux où vous allez ! Eh ! nous n'en savons rien.

HECTOLITRE *(avec mystère).*

Puisque c'est un secret, ami, garde-le bien *(Il sort).*

## SCÈNE II.

BISTOQUET, *seul.*

Il va donc nous quitter ! oh ! bonheur indicible !
Qui m'aurait dit, grand Dieu, que ce cœur combustible

Au devoir d'un bon fils pût tout sacrifier?

C'est un coup du destin, qu'il faut remercier;

Craignant du furieux et l'adresse et la force,

J'ai caché mon ardeur, crainte de quelqu'entorse;

Maintenant qu'il est loin, mettons-nous au grand jour

Et courons à Piquette avouer notre amour,

Près des femmes, dit-on, c'est un tort que l'absence,

Remplaçant un ingrat j'aurai la préférence;

Mon rival l'emportait, mais, seul, je brillerai:

Mieux vaut goujat debout qu'empereur enterré.

A notre voyageur je souffle sa maîtresse;

Justement la voici...

## SCÈNE III.

### BISTOQUET, PIQUETTE.

#### BISTOQUET.

Malheureuse princesse.

Un emploi bien affreux vient de m'être donné...

J'aurais plutôt choisi qu'on m'eût exterminé...
Mais il le faut remplir ce devoir qui m'accable.

PIQUETTE.

Parlez, vous me jetez dans un trouble effroyable.
Qu'avez-vous à m'apprendre ?

BISTOQUET.

Hectolitre...

PIQUETTE.

Grands Dieux !

BISTOQUET.

Il vient de décamper...

PIQUETTE.

Je me meurs !... ah ! le gueux !
Partir à l'improviste... et pour où ?

BISTOQUET.

                                        Je l'ignore.
Un si lâche abandon me rend surpris encore.
D'accuser l'inconstant j'étais bien éloigné ;
J'aurais gagé deux sous contre un écu rogné
Que jamais les honneurs, le rang ni la richesse
N'auraient pu dans son âme étouffer la tendresse ;
Mais je me suis trompé, pour un riche parti ·
Il veut vous planter là ; *(à part)* c'est assez bien menti.


PIQUETTE.


L'ai-je bien entendu ! Le monstre me délaisse.
Des hommes d'aujourd'hui comptez sur la promesse !
Ce cœur que je croyais dans mes fers asservi
Qui donc l'a pu changer, qui donc me l'a ravi ?
Oh ! fille infortunée, en vain tu te lamentes
Le cruel va tromper de nouvelles amantes
Et se rit de tes pleurs... Mais puisqu'il veut changer,
Soyons femme , et songeons bien vite à nous venger...

Nous venger... c'est bien dit... mais aurai-je la force
D'oublier un amant...

BISTOQUET *(à part).*

Profitons de l'amorce.

*(Haut)* Oui, madame, oubliez cet ingrat séducteur ;
Il ne mérite plus d'occuper votre cœur ;
Sachez, sachez montrer cette âme tout altière
Qui distingue si bien votre famille entière :
Pour un amant perdu vous en aurez deux cents,
Et j'ose le premier me placer sur les rangs.

PIQUETTE.

Prince, que faites-vous ; que dirait Hectolitre
Si de son successeur il vous savait le titre ?
Craignez qu'un dévoûment si beau, si généreux,
N'attire contre vous ses transports furieux.
D'ailleurs, insouciante, importune à moi-même,
Pouvez-vous souhaiter que Piquette vous aime ?

Quels charmes ont pour vous des yeux infortunés
Qu'à des pleurs éternels vous voyez condamnés !

BISTOQUET.

Quels charmes! Dieu de Dieu ; n'en doutez point, madame,
Mon cœur brûle pour vous de la plus vive flamme ;
Depuis près de trois mois je suis sur les tisons.

PIQUETTE.

Et pourquoi vous cacher ?

BISTOQUET.

Je craignais les oignons.
Le farouche Hectolitre, en son humeur brutale,
Aurait pu lestement m'envoyer vers Tantale,
Et, d'ailleurs, l'amitié qui m'unissait à lui
A retenu l'aveu qui m'échappe aujourd'hui.

PIQUETTE.

S'il est vrai, Bistoquet, que votre cœur m'adore
Ne désespérez point ; je puis aimer encore.

2

Mais à mes pleurs, du moins, laissez un libre cours....
Nous nous reparlerons, seigneur, dans quelques jours...

BISTOQUET.

Ah ! n'en voilà que trop, aimable enchanteresse,
Et de ce tendre cœur vous redoublez l'ivresse.
Quel plus bel avenir ! mon bonheur, vos bontés,
Eh ! savez-vous pour moi tout ce que vous quittez.
Qu'à vos pieds à l'instant je vous jure, ma belle...

PIQUETTE.

Que faites-vous... O ciel! J'aperçois l'infidèle.

## SCÈNE IV.

BISTOQUET, PIQUETTE, HECTOLITRE,

HECTOLITRE.

Prince, continuez des transports si charmants!
(*A Piquette)* Je conçois vos bontés par ses remercîments.

Madame, à vos genoux je viens de le surprendre ;
Puis-je savoir, au moins ; daignerez-vous m'apprendre..?

BISTOQUET *(à part).*

Peste du revenant ! mais il va faire chaud,
Et crainte d'accident détalons au plus tôt. *(Il se sauve).*

## SCÈNE V.

### PIQUETTE, HECTOLITRE.

PIQUETTE.

Quoi, le lâche s'enfuit. . . Toujours abandonnée,
Sous quelle étoile, oh ! ciel, faut-il que je sois née !
Et toi, vil séducteur, que viens-tu demander ?
Veux-tu jouir des pleurs dont je vais m'inonder ?
N'es-tu pas satisfait de devenir parjure ?
Au crime le plus noir viens-tu joindre l'injure ?
N'est-ce donc point assez de tromper mon espoir,
De fuir *ex abrupto*, sans me dire bonsoir ?

HECTOLITRE.

Bistoquet a jasé, je le vois.

PIQUETTE.

Oui, perfide !
Il m'a tout dévoilé ; de richesses avide
Tu préfères, dit-il, un plus brillant parti...
Sur ce que réponds-tu ?

HECTOLITRE.

Moi, qu'il en a menti :
Je voulais, il est vrai, m'éloigner de vos charmes,
Mais de ce tendre cœur bannissez les alarmes,
Ce n'était point, grands Dieux ! par infidélité.
Je devais du destin suivre la volonté ;
Vous le savez, hélas ! depuis longtemps mon père
De son sort incertain nous faisait un mystère,
Et le devoir voulait que, pour l'approfondir,
Sans tarder un instant, je me misse à partir ;

Je l'avais résolu, c'est vrai, coûte que coûte,
Et j'arpentais déjà, lorsque sur la grand'route,
(Jugez de mon bonheur), je reçois un billet
Par mon père tracé dans un vieux cabaret,
Nous le verrons dimanche, et je viens vous l'apprendre.

PIQUETTE.

Dieux! n'est-ce point un songe, et que viens-je d'entendre?
Hectolitre est fidèle...

HECTOLITRE.

Oh! toujours; mais l'es-tu?
Je puis en ce moment suspecter ta vertu...
Un rival à tes pieds!

PIQUETTE.

Un tel doute m'offense,
Ton hypocrite ami, profitant de l'absence,
Voulait te supplanter... Oh! traître Bistoquet!
Tu le paieras...

HECTOLITRE.

Je vais lui friser le toupet...

PIQUETTE.

Arrêtez vos transports ; dans ce moment prospère,
Ne songeons qu'au plaisir de revoir votre père.

HECTOLITRE.

Ah ! ah ! J'ai sur le vôtre à vous dire deux mots :
Je sais qu'à son sujet on tient certains propos
Qu'il faut que j'éclaircisse... On dit qu'il vous maltraite.

PIQUETTE.

N'en croyez rien, seigneur !

HECTOLITRE.

Vous rougissez, Piquette,

Et ce trouble imprévu montre votre bonté :
Vous voulez à mes yeux cacher la vérité,
Je ne la vois que trop ; mais vous serez vengée.

PIQUETTE.

Il est vrai que souvent par mon père outragée,
J'ai pu de ses deux mains juger la pesanteur....
Mais enfin....

HECTOLITRE.

Point de mais ; il vous faut un vengeur.
Votre père Aprevin est un monstre, un barbare,
A lui laver la tête ici je me prépare....
Le voici tout à point ; rentrez.

PIQUETTE.

C'est mon papa,
Songez que c'est mon sang ; je ne vous dis que ça !

HECTOLITRE.

Ne craignez rien, je sais respecter votre race
Et ne veux pas aller plus loin que la menace.

*( Piquette rentre chez elle).*


## SCÈNE VI.


HECTOLITRE, APREVIN.


HECTOLITRE.


Il s'approche, grands dieux ! A ce noble maintien
Quel œil ne serait pas trompé comme le mien !
Faut-il que sur le front du plus indigne père
Brille de la vertu le sacré caractère !
Parlons.... un bruit horrible est venu jusqu'ici,
Seigneur, tout laid qu'il est il doit être éclairci :
On dit, et sans rugir je ne puis le redire ;
Que sous votre bâton parfois Piquette expire,,

Que pour elle étouffant tout sentiment humain
Vous osez sur sa joue imprimer votre main ;
On dit que pour vergette employant une latte
De cette aimable enfant vous brossez l'omoplate !
Et que d'un faux pardon nous abusant tous deux
De nouveau chaque soir vous lui pochez les yeux.
Qu'en dites-vous, seigneur, que faut-il que je pense ?
Ne ferez-vous pas taire un bruit qui vous offense ?

APREVIN.

Seigneur, je ne viens point ici me confesser
Et votre ton hautain commence à me blesser :
Ma fille est bien à moi ; du moins je dois le croire,
Et puis en disposer sans interrogatoire.

HECTOLITRE.

Ah ! je sais trop le sort que vous lui réservez.

APREVIN.

Pourquoi le demander puisque vous le savez ?

HECTOLITRE.

Pourquoi je le demande! oh! ciel le puis-je entendre
S'avilir à ce point, et ne pas s'aller pendre!
Il pense, le cruel, qu'approuvant ses forfaits
Je laisse de sa fille ébrécher les attraits,
Que ma colère, enfin est celle d'un faux brave.

APREVIN.

Mais vous qui me parlez, arrogant Rat de Cave,
Oubliez-vous ici qui vous interpellez?

HECTOLITRE.

Oubliez-vous qui j'aime et qui vous flagellez?

APREVIN.

Et qui vous a chargé du soin de ma famille?
Ne pourrai-je sans vous morigéner ma fille?
Ne suis-je son papa, ne suis-je.....

HECTOLITRE.

                              Oui, Seigneur
Vous l'êtes : votre femme a dit, sur son honneur,
Que vous l'étiez, pour sûr, mais cela veut-il dire
Que d'assommer Piquette on vous laisse l'empire?
Tant qu'un reste de souffle enflera mes poumons
Je ferai devant vous de fameux carillons,
Et défendrai les droits de la beauté battue.


APREVIN.


Plaignez-vous à l'honneur qui veut que je la tue,
Accusez les jaseurs, les caquets du quartier,
Eustache, Bistoquet, et vous tout le premier.


HECTOLITRE.


Moi!.....

APREVIN.

Vous qui de ma fille embrassant la conquête
Ne négligez plus rien pour lui tourner la tête ;
Vous qui vous offensant de mes justes soupçons
Ne savez pas cacher vos lâches trahisons,
Pour vous la garder sage on m'a vu mettre en quatre ,
Mais vous me demandez, vous me forcez de battre ;
Je mitonnais l'hymen qu'ici vous souhaitez ;
Mais vous prenez l'avance .... et Dieu sait...

HECTOLITRE.

Arrêtez.
Juste ciel ! puis-je entendre et souffrir ce langage?
Est-ce ainsi qu'à la frime on ajoute l'outrage !
Moi, je voulais presser l'instant de mon bonheur,
Je voulais n'être enfin qu'un lâche suborneur?
A devancer le temps quel intérêt m'appelle?
Ne suis-je point aimé , ne m'est-on pas fidèle ?
Cet honneur pour lequel vous tremblez aujourd'hui

N'en fus-je pas toujours le vengeur et l'appui ?
Dans Arenc, la Réserve et toutes les guinguettes
N'ai-je à vos ennemis frotté les côtelettes ?
Lorsque sur vous les coups arrivaient par essaims
M'a-t-on vu m'arrêter à manger des oursins ?
Combien pour vous venger, j'ai reçu de calottes !
Combien je me suis vu, même à propos de bottes,
Houspiller, échiner, éreinter, écharper,
Sans que la moindre plainte il ait pu m'échapper !
Mais j'adorais Piquette et pour sa parentèle,
Pour vous j'aurais versé mon sang à pleine écuelle :
Demain encor je dois soumettre un compagnon
Qui n'est pas un manchot pour jouer du moignon ;
Mais vous faites abus de votre emploi de père
Et d'un gendre futur vous bravez la colère ;
Je ne vous connais plus, ni vous ni vos parents,
Piquette est mon épouse et de droit je prétends
La sortir de vos mains, la sauver des taloches.

APREVIN.

Insolent, je me lasse enfin de vos reproches.

Fier de votre valeur, tout si je vous en crois
Doit marcher, doit fléchir, doit trembler sous vos lois ;
Allez , je ne crains point votre impuissante rage
Et je romps tous les nœuds de votre mariage.

HECTOLITRE.

Rendez grâce au seul nœud qui peut calmer mon bras :
J'ai su dans tous les temps respecter les papas ;
De ma Piquette en vous je reconnais la souche
Et c'est ce qui retient et mon poing et ma bouche ;
Sans un titre si beau le maître des *trois rois*
M'aurait oser braver pour la dernière fois.
Va, tu peux t'en flatter, adieu.

APREVIN

*(le retenant et lui donnant un soufflet).*

Ton impudence ,
Téméraire jeune homme , aura sa récompense.

HECTOLITRE.

Un soufflet ! c'en est trop, je ne puis reculer.
Grands Dieux ! pardonnez-moi le sang qui va couler.

*(A Aprevin, qui veut sortir).*

A moi, Prince, deux mots.

APREVIN.

Parle...

HECTOLITRE.

Ote-moi d'un doute.

Connais-tu bien La Brette ?

APREVIN.

Oui...

HECTOLITRE.

Parlons bas, écoute.

Sais-tu que ce vieillard fut la même vertu,
La vaillance et l'honneur de son temps ; le sais-tu ?

APREVIN.

Peut-être.

HECTOLITRE.

Cette ardeur que dans les yeux je porte
Sais-tu que c'est son sang , le sais-tu ?

APREVIN.

..... Que m'importe !

HECTOLITRE.

A deux mètres d'ici je puis te le prouver

APREVIN.

Jeune présomptueux...

HECTOLITRE.

Parle sans t'enlever ;
Je suis jeune, il est vrai, mais aux âmes bien nées
La valeur n'attend pas le nombre des années.

APREVIN.

Te mesurer à moi, qui t'a rendu si vain ?
Toi que je puis coucher en un seul tour de main.

HECTOLITRE.

Mes pareils avec toi sont dignes de se prendre
Et pour le coup de poing valent des Alexandre.

APREVIN.

Mais, sais-tu qui je suis ?

HECTOLITRE.

Oui, tout autre que moi
Au seul bruit de ton nom pourrait trembler d'effroi ;

3

Les bosses dont je vois que ta tête est couverte
Semblent être déjà l'écriteau de ma perte ;
J'attaque en téméraire un bras toujours vainqueur ;
Mais si je reculais je n'aurais pas de cœur.
A qui venge sa joue il n'est rien d'impossible,
Ton poing est invaincu mais non pas invincible.

APREVIN.

Ce grand cœur qui paraît au discours que tu tiens
Par tes yeux chaque jour se découvrait aux miens ;
En croyant voir en toi l'honneur de ma famille
Mon âme avec plaisir te destinait ma fille,
En désirant pour gendre un valeureux cadet
Je ne me trompais point dans le choix que j'ai fait.
Mais je sens que pour toi ma pitié s'intéresse,
J'admire ton courage et je plains ta jeunesse ;
Ne cherche point à faire un coup d'essai fatal
Dispense ma valeur d'un combat inégal ;
Trop peu d'honneur pour moi suivrait cette victoire,
A vaincre sans péril on triomphe sans gloire ;

On te croirait toujours abattu sans effort
Et j'aurais seulement le regret de ta mort.

HECTOLITRE.

D'une indigne pitié ton audace est suivie ;
Qui m'ose ôter l'honneur craint de m'ôter la vie ?

APREVIN.

Va, déloge d'ici...

HECTOLITRE.

Marchons sans hésiter !

APREVIN.

Es-tu si las de vivre ?...

HECTOLITRE.

As-tu peur d'y rester ?

APREVIN.

Viens, tu fais ton devoir, et l'homme est sans courage
S'il permet qu'un soufflet fasse enfler son visage.

*(Ils sortent).*

## SCÈNE VII.

PIQUETTE, *seule.*

N'est-ce point Héctolitre et mon père Aprevin
Qui sortent de ces lieux en se donnant la main ?
Vont-ils chez le notaire apprêter l'hyménée
Qui doit à mon amant unir ma destinée ?
Oh ! oui, La Brette arrive et son heureux retour
Vient presser le moment de couronner l'amour.
Quelle félicité ! trop heureuse Piquette !
Y peux-tu résister ? Ton âme est-elle faite ?...
Mais que vois-je, grands Dieux !...

## SCÈNE VIII.

PIQUETTE , HECTOLITRE *(sans habit, sans chapeau , sans cravate et les cheveux en désordre).*

PIQUETTE.

Hectolitre, c'est toi ?
Ciel ! comme il est défait. . . . .

HECTOLITRE.

Madame, suivez–moi,
Ne craignez ni les cris ni la foule impuissante
D'un peuple qui s'émeut d'une voix menaçante ,
Paraissez, et bientôt sans attendre mes coups
Ces flots tumultueux s'ouvriront devant vous ;
Chez la sœur de mon père allons, c'est un asile ;
Qu'ils viennent vous chercher vers ma tante Basile !
Et nous verrons beau jeu... mais quoi vous vous taisez !
Fuyez, fuyons , qu'il fuye.... ou nous sommes rasés.

PIQUETTE.

Hélas! seigneur, votre air, vos cris, votre œil farouche
Ont un je ne sais quoi qui me ferme la bouche ;
Je demeure interdite et tout ce que je voi
Est, puisqu'il faut le dire, une énigme pour moi.
Qu'est devenu mon père?

HECTOLITRE *(à part)*.

Hélas ! que lui répondre ?
Si je dis le fin mot, en pleurs elle va fondre...

PIQUETTE.

Eh ! quoi vous hésitez ! Que cache ce discours
Dont si subitemont vous arrêtez le cours ?

HECTOLITRE *(avec violence)*

Non, ne balançons plus ; venez, venez, madame,
Et suivez votre époux... Oui vous êtes ma femme.

PIQUETTE.

Mais mon père?...

## SCÈNE IX.

PIQUETTE, HECTOLITRE, BISTOQUET.

BISTOQUET.

Il est mort...

HECTOLITRE *(à part)*.

Le pot est découvert !
Que n'ai-je sous mes pas un gouffre tout ouvert.

PIQUETTE.

Il est mort ! que dis-tu, quelle foudre imprévue?...

BISTOQUET.

A peine je sortais du bout de cette rue,
Je marchais tristement ; ma chienne Cendrillon
Imitait mon silence en suivant mon talon ;

Je prenais tout pensif le chemin de l'église,

Quand j'aperçois soudain deux hommes en chemise

Qui se gourmant l'un l'autre exerçaient leurs poignets

A faire frissonner les plus hardis cadets.

Je fuis..... et sans m'armer d'un courage inutile

Dans un bouchon voisin je recherche un asile ;

Pourtant du coin de l'œil lorgnant les combattants,

Je vois l'un d'eux fléchir... je le crois sur les dents...

Mais, bah ! d'un coup de pied lancé d'une main sûre,

A l'autre il fait au flanc une large blessure,

Qui l'étend presque mort... je crie... au meurtrier ?

Celui-ci disparaît sans se faire prier.

Aussitôt rappelant mon antique vaillance,

Sur le champ de bataille à pas lents je m'élance...

Mais, Dieux ! le faut-il dire ! oh barbare destin !

Dans le mourant je vois votre père Aprevin ;

« Le ciel, dit-il, me fait expirer sur l'herbette ;

« Prends soin après ma mort de la triste Piquette ;

« Ami, son cœur, un jour, sera désabusé,

« Elle doit oublier Hecto.... litre.... accusé.

« Pour apaiser mon sang et mon âme plaintive

« C'est avec toi, toi seul, que je veux qu'elle vive...

« Mais, Hecto... litre... ah ! non.» A ces mots un hoquet
Brusquement au héros a coupé le sifflet,
Et moi je suis venu, détestant la lumière,
Vous dire d'un papa la volonté dernière.

PIQUETTE.

As-tu pu te charger de cet affreux emploi ?
Tu me perces le cœur ; mais l'assassin ?

HECTOLITRE.

C'est moi ;
C'est moi qui pour venger les outrages sans nombre
Que vingt fois en un jour vous receviez dans l'ombre
Ai du fier Aprevin avancé le trépas...
Piquette, vous pleurez ; il ne mérite pas...

PIQUETTE.

Arrête, lâche, arrête ! et respecte mes larmes.
Laisse-moi ma douleur, elle a pour moi des charmes ;

Ah ! si je t'aimais moins, je voudrais qu'aujourd'hui
Mon père en son tombeau t'entraînât avec lui.

HECTOLITRE.

Eh ! bien, sans vous donner la peine de poursuivre
Assurez-vous l'honneur de m'empêcher de vivre.

PIQUETTE.

Cruel ! que me dis-tu, quel courage inhumain,
Mon Hectolitre, hélas ! expirer de ma main !

HECTOLITRE.

N'épargnez point mon sang ; goûtez sans résistance
La douceur de ma perte... et percez-moi la panse.

PIQUETTE *(se trouvant mal)* .

Non ! non ! ce n'est pas toi... c'est moi qui dois partir...
Le ciel... par des vapeurs... semble m'en avertir...
Je sens mon âme prête... à déserter... la vie...
Adieu... je meurs.... adieu...

*(Elle tombe morte)* .

BISTOQUET *(la soutenant)*.

C'est une apoplexie !
Mais d'Hectolitre, oh ! ciel, le visage est changé,
Il écume, je crois ; serait-il enragé ?

HECTOLITRE.

Que vois-je ? Est-ce Piquette.. et que viens-je d'entendre?
Pour qui coule le sang que je viens de répandre ?
Je suis, si je l'en crois, un traître, un assassin ;
Est-ce Aprevin qui meurt... Suis-je Hectolitre, enfin ?
Pour la venger des coups que l'on lui distribue
Je rosse le tyran... par malheur je le tue.
Je détruis en un jour le calme de mon cœur,
Devant les tribunaux j'expose mon honneur,
Une juste fureur et m'entraîne et me guide,
Je frappe... Et je deviens un boxeur homicide !
Pour qui ? Pour une ingrate à qui je dois m'unir,
Qui blâme mes fureurs et qui m'en veut punir
Qui repousse mon sein, quand je veux qu'elle pique
Et... qui meurt tout exprès, pour me faire la nique ?

BISTOQUET.

Il faut partir, seigneur ; sortons de ces palais
Ou bien résolvons-nous à n'en sortir jamais.

HECTOLITRE *(en démence)*.

Dieux ! Aprevin, c'est toi, je te revois encore ?
Trouverai-je partout un père que j'abhorre ?
Percé de tant de coups, comment t'es-tu sauvé ?
Tiens, voilà le cadeau que je t'ai réservé...

*(Il donne à Bistoquet un coup de pied qui le fait tomber
sur Piquette.)*

Mais, que vois-je ! A mes yeux sa Piquette l'embrasse !
Elle veut détourner le coup qui le menace...
Dieux ! Quels affreux regards elle jette sur moi !
Quels démons, quels serpents traîne-t-elle après soi ?
Eh ! bien , filles d'enfer, vos mains sont-elles prêtes ?
Pour qui sont ces serpents qui sifflent sur vos têtes ?...
Mais, ouf ! Je n'en puis plus... Donnez-moi du café...
La rage me suffoque.... et je meurs... étouffé !

BISTOQUET.

Ciel ! Il expire aussi... Quelle déconfiture !
Au trio malheureux donnons la sépulture...
Je devrais me tuer pour faire un quatuor...
Ma foi, non, j'aime à vivre et je veux vivre encor.
Je suis loin cependant de blâmer le courage
De ces infortunés et de leur faire outrage ;
Ils ont montré du cœur en ce funeste jour,
Et je les applaudis... *(au public)* Messieurs, à votre tour.

# UNE AUDIENCE DE JUGE DE PAIX

# UNE AUDIENCE DE JUGE DE PAIX

Je maudis les procès et tremble au mot d'huissier.
Jugez de mon effroi, lorsque mardi dernier
Je reçois un billet par lequel on m'invite,
Pour sauver un éclat, à me rendre au plus vite
Dans un Bureau de Paix où charitablement
On veut bien essayer un accommodement.
Je suis d'un naturel paisible et débonnaire ;
Qui vient me susciter une méchante affaire ?

4

Je ne dois à personne et ne bavarde point,

On ne peut m'attaquer sur l'un ou l'autre point ;

Que veut-on ? Je m'y perds. En cherchant de la sorte

J'arrive au rendez-vous la face à demi morte.

Déjà beaucoup de gens remplissaient le salon.

J'attends péniblement qu'on prononce mon nom,

Et je prête au greffier une oreille attentive.

Il crie : *Emma Saint-Clair* ; une beauté fort vive

Se lève lestement et demande pourquoi

On la fait appeler. « Eh, Matame, c'est moi »

Lui dit un gros joufflu de tournure allemande,

« Je fiens fous rappeler ein pétite commande

« Que le brintemps bassé m'avre faite en pijoux ;

« Fous promettre touchours et moi pas voir teux sous.

— Comment, mon bon ami, pour une bagatelle

« Vous me faites citer... — Eh, mais, Matemoiselle,

« Le pagatelle il est pé de chose pour fous ;

« Pour moi c'est tifférent, je me troufe en dessous

« Dans mon bétite affaire, eine lettre dé change

« Est le seule raison pourquoi je vous térange.

« Jé serais désolé de vous faire saisir.

—Ah, vraiment, venez-y, vous me ferez plaisir ;

« On dirait sur ma foi, que le nigaud me raille.

« Messieurs, voyez un peu cette sotte canaille,

« Ça veut faire un commerce et ça n'a pas de quoi

« Accorder du crédit à des gens tels que moi.

« Adieu, mon pauvre ami, je ris de vos menaces. »

Elle part ; l'allemand veut courir sur ses traces ;

Un jeune damoiseau l'accroche par le bras,

Ils la suivent tous deux, et quoiqu'ils parlent bas

Je distingue ces mots : misère... confiance...

« Vous connaissez mon père ? — Ia. — Prenez patience,

« A tort certainement vous êtes effrayé,

« Je garantis la dette et vous serez payé. »

Faute de combattants la cause fut remise.

Celle qui vint ensuite excita ma surprise ;

Argante, mon voisin, en réputation,

Dans tout notre quartier pour sa dévotion,

Son air affectueux, ses mœurs évangéliques,

Se voyait assigné par ses deux domestiques.

L'un, cuisinier gascon, prétendait que jamais

Monsieur n'était content des meilleurs de ses mets ;

La sauce, était toujours ou trop faible ou trop forte.

« Sandis, ajoutait-il, un homme dé ma sorte

« Qui, dans la capitale, a serbi deux vanquiers,

« Trois prélats, un ministre et quatre chancéliers

« Doit saboir son état : jé puis faire la varve

« A tous bos Sivilots, et d'un grain dé rhuvarve

« Composer un coulis aussi doux qué lé miel ;

« Jé suis, pour les gourmands, un envoyé du ciel,

« Mais les curs sont ingrats, et Monsieur dé l'Argante

« Ose m'assimiler à la bieille serbante

« Qui vorne son génie à tourner un ragoût.

« Il fait plus, lé cruel, il ba dire partout

« Qué jé suis en mon art une fausse routine,

« Qué jé n'étais pas né pour vriller en cuisine !

« Jé né puis répéter tous les propos sanglants

« Qu'il sé permet sur moi, sur mes rares talents.

« C'est une horrur ; aussi, j'en demande justice

« Et comme il peut mé nuire en mon novle exercice

« Jé beux d'indemnités, au moins six mille écus ;

« Jé n'en ravattrai rien, Messieurs, et jé conclus. »

Son collègue plaignant, natif de l'Angleterre,

Etait un grand blondin de figure sévère ;

Il contempla le juge et lui dit gravement :

« Vous me voyez fâché considérablement,

« On porte à mon honneur un cup inéfaçable ;

« Monsieur Argante, hier, au sortir de son table

« M'adressa, bassement, une proposition *

« Que sur le même ton, et dans même occasion, *

« Un autre maître à moi me faisait à Florence ;

« Je ne puis me prêter à cette manigance ;

« Loui doit être piouni, moi bien récompensé. »

Le magistrat, d'abord assez embarrassé,

Nous dit que l'accusé n'étant point dans la salle·

(Il venait de sortir), l'équité, la morale,

Exigeaient un renvoi pour plus ample informé.

Je pensais que bientôt j'allais être nommé,

Quand j'entendis crier : *Lecerf contre sa femme.*

Je vois un gros monsieur, une petite dame,

Qui s'avancent ensemble et parlent en duo ;

Le mari bégayait, la femme, en crescendo,

Prenait sur lui l'octave ; enfin on les fit taire

Et l'époux en ces mots exposa son affaire :

« Je vous apprendrai donc... très-laco...niquement

« Qu... qu'hier, je vis... sortir de mon ap...partement

---

* Ces deux mots doivent être prononcés entièrement à l'anglaise.

« Un beau beau…eau garçon, qui d'un air de mys…tère

« En voulant s'é…chapper, me… pou…poussa par terre ;

« Je me… heurtai le… front… la… m…marque y restera,

« Je ne… puis… l'ou…blier, mais il s'en sou…viendra.

« Ce po po…o…lisson, ce pi pi…illard… infâme.

— Vous le connaissez ? — Non, mais il con…naît ma femme

« Il venait de la… voir, quand je le trou…vai là.

— Madame, dit le juge, expliquez-nous cela.

— Très volontiers, Monsieur, car mon mari s'emporte

« Parce qu'il vit hier, un jeune homme à sa porte ;

« Il est vrai, fort pressé, mais c'est par trop d'ardeur,

« Et vous en conviendrez, ce jeune homme est coiffeur ;

« Ces messieurs marchent vite et leur état l'ordonne :

« On ne doit ici-bas faire attendre personne ;

« C'est mon avis, du moins, mais mon très-cher époux

« Est né pour voir en mal, de plus il est jaloux…

— Si je suis ja… jaloux, j'ai bien raison… de… l'être

« Dans mon lo lo…ogis, je ne puis… vi…vré en maître ;

« Suis-je… encor né… pour ça ?.. n'ai-je donc pas un cœur ?

« Je suis cou…cou…roucé de votre ton…m…moqueur. »

*Lecerf* se disposait à jaser davantage,

Lorsque le magistrat, homme prudent et sage,

L'arrêta doucement et tout bas lui parla ;
Son épouse eut son tour, puis chacun s'en alla
Souriant ou pestant dans le fond de son âme.
Le jugement porta que désormais la dame,
Pour plaire à son mari, changerait de coiffeur.
Ce couple avait un peu dissipé mon humeur
Et je fus moins vexé, quand je vis que ma cause
N'arrivait point encor : un homme en habit rose,
En culotte vert-pomme et le toupet ailé,
Obtint sur moi le pas ; il avait appelé,
Dans ce nouveau champ-clos, pour combattre sur l'heure,
*Hortense des Soupirs,* demoiselle majeure ;
Un portrait refusé causait leur différend :
« Signor, dit-il au juge, oun peintre di mio rang
« Est béné sfortouné quand les destins contraires
« Lé forcent à tracer des figoures voulgaires !
« Cé pinceau dont lé Gouide aurait été jaloux,
« Ce pinceau qui peignit Achille et son curroux...
« Oggidi si ravale en faisant des visages,
« Et pour son pagament il reçoit mille utrages :
« Questa signorina dit qué dans lou portrait
« Elle né pout dou sien riconnaître oun seul trait.

—Je ne dis pas cela, reprit la belle Hortense ,

« Mais il a des défauts d'une grande importance ;

« J'y vois d'énormes yeux et presque point dé nez,

—Sa signourie ainsi les avait ordonnés.

—Allons, vous voulez rire. — O ché non ; jé vous joure

« Qué vous mi ripétiez, quand jé fis sta figoure ,

« Les youx sount ben pétits, mon cher, aggrandissez ;

« Lé nase troppo long , mon cher, raccourcissez.

—Mon avis était bon, mais il fallait l'entendre ,

« Et retoucher aux yeux sans aller les étendre

« De l'une à l'autre oreille... — Esagération. . .

« Signoré magistrat , avec attention ,

« Esaminez l'uvrage et vidé lo modèle ,

« A-t-on jamais truvé d'image piou fidèle ?

—Lé visage est fort bien , quoiqu'un peu rajeuni. . .

—Rajeuni, dites-vous ? — Oui, lé travail fini ,

« Ce n'est point un portrait à dédaigner, sans doute,

—E béné, signorine , est-cé encòr ouna croute ?

« Lé jouge est connaissor. — J'ai toujours prétendu

« Que la peinture est bien, mais qu'on a mal rendu

« Cette vivacité , ce regard qui pétille. . .

« Peut-être a-t-on raison ; une innocente fille

« Doit savoir tempérer le pouvoir de ses yeux ;

« On s'abuse soi-même, et Monsieur peut bien mieux

« Prononcer là-dessus, à lui je me rapporte. »

Le procès finit là. Tout à coup, vers la porte ,

Je vois paraître un homme affublé d'un turban.

Que vient donc faire ici ce brave musulman ,

Me disais-je, in petto, qui peut nous le conduire ?

L'homme qui l'accusait se chargea de m'instruire :

« * Je viens, s'écria-t-il, afin d'avoir raison

« Du tapage infernal qu'on fait dans ma maison ;

« Ce maudit Teurc rassemble une grande séquelle

« De démons qui, le jour, mé rompent la cervelle,

« Et, la nuit, il n'est pas possible de dormir ;

« Moi, ma femme et mon chien n'y pouvons plus tenir...

« Je voudrais que le tron... Pardon la compagnie ,

« Mais il faut en finir, ou gare une avanie !

— Un moment... dit le juge, il peut être permis

« De recevoir, chez soi, des parents , des amis.

« S'ils se conduisent mal, s'ils font trop de tapage ,

« De mon autorité je saurai faire usage,

(*) Cet interlocuteur a l'accent provençal.

« Mais il faut être sûr ; Monsieur est étranger ,

« On lui doit des égards , je vais l'interroger.

— L'interroger, ma foi , la chose est inutile ,

« Il conserve toujours une langue immobile.

— Peut-être est-il muet ? — Non , et dans tous les cas

« Ceux qu'il reçoit chez lui, ségur, né le sont pas ;

« Allez , c'est un beau train dans cette république.

— On ne s'y mêle pas , je crois , de politique,

« Ils seraient plus secrets. — On s'y mêle dé tout ;

« J'entends : vive le roi ! vive sultan Mahmout !

— Ça devient sérieux. Hola , Monsieur l'arabe,

« Ne pouvez-vous lâcher un mot , une syllabe

« Pour nous faire savoir quels sont ces indiscrets

« Ou ces conspirateurs? — Star dei perrouquets...»

L'aveu du musulman égaya l'auditoire ;

Le plaignant, qui voulait un bon réquisitoire ,

Ne riait nullement. — Eh ben , Moussu Madon ,

« L'entendès? Oui , mon cher, mais dans cette maison

A quel titre êtes-vous? — Principal locataire ;

— C'est bon , allez trouver votre propriétaire ,

« Il vous doit à la fois jouissance et repos. »

Notre homme grimaça , puis nous tourna le dos ;

Je l'entendis encor qui jurait dans la rue.

A peine il fut parti, qu'une femme éperdue

S'élança dans la chambre en traînant sur ses pas

Un fort joli tendron qui ne se troublait pas :

« Avancez, répondez, parlez, lui disait-elle,

« Et que nous connaissions enfin, Mademoiselle,

« Quel était votre but en allant promener

« Avec Monsieur Benoît. . . — Un charmant déjeuner

« Est-ce un crime exécrable et faut-il qu'on me pende ?

— Ah ! vous êtes, la belle, amoureuse et gourmande,

« Et prenez pour galant un homme marié.

— Il ne l'est pas. — Comment. . . avez-vous oublié

« Qu'avec Monsieur Benoît nous vivons en ménage ?

— Cela ne prouve rien pour votre mariage.

— Que je porte son nom ? — Comme on porte un manteau

— Que nous fûmes unis ? — Sans prêtre et sans bedeau.

— Et qu'on doit respecter. . . — Un vieux concubinage.

Ce mot, très-mal sonnant, vint redoubler la rage

De Madame Benoît : « Ah ! méchante guenon,

« Tu voudrais m'enlever mon époux et mon nom !

— Pourquoi pas, dès qu'ils sont tous deux de contrebande.

— Tu m'insultes encor, ton impudence est grande,

—Je dis la vérité. — Quoi, gibier des enfers,

« Tu pourrais soutenir ?— Devant tout l'Univers.

—Tu causeras ma mort. — Vous êtes une folle.

—Non, non, je le sens bien... et... déjà la parole...

« Refuse... son secours... à ma... juste... fureur...

« Mais.. le ciel, quelque jour, deviendra.. mon vengeur !»

Sans attendre plus tard, un trio de voisines

Voulut bien se charger des vengeances divines,

Et du banc des témoins fondit sur le tendron ;

L'une attrappe sa coiffe, une autre son jupon ;

La belle, ripostant, saisit leur chevelure ;

Mais elle était d'emprunt, et bientôt l'imposture

Apparut au grand jour : le parquet fut jonché

De tours et de chignons, délateurs du péché.

Nos guerrières allaient ensanglanter la scène

Lorsqu'on les sépara ; ce ne fut pas sans peine,

Et le juge, effrayé de leur air martial,

Les fit toutes chasser, pour être impartial ;

Moi, je restai tremblant au sein de la cohue.

Enfin l'on m'appela : d'une voix tout émue,

Je dis : que me veut-on ? — Il s'agit d'un enfant

« Pour lequel vous devez six mois d'allaitement.

-- Un enfant ! Eh, Monsieur, je suis célibataire.

-- Je le sais, mais cela ne fait rien à l'affaire.

-- Comment, ça ne fait rien. -- Non, très-certainement :

« On a dans sa jeunesse un jour d'égarement,

« On ne peut épouser... Il faut un grand mystère...

« Vous pouvez l'avouer car je connais la mère.

-- La mère, c'est fort bien, mais le père, morbleu,

« Vous le connaissez mal, ou ceci n'est qu'un jeu.

-- Nous ne plaisantons point : vous êtes des Martigues ?

-- Eh, non, je suis d'Aubagne et toutes ces intrigues

« Ne me concernent pas. Examinez-moi bien :

« Ai-je l'air séducteur, vous parais-je un vaurien ?

-- Je dois en convenir, Monsieur, votre figure

« Annonce la candeur, et dans votre tournure

« Je ne vois pas de quoi former un Céladon,

« Mais la plainte est lancée ; allons maître Bourdon

« Exhibez à Monsieur l'acte qui le compète. »

Le greffier m'apporta cette pièce imparfaite ;

Je sus bientôt prouver que la paternité

N'était point de mon fait, et je fus acquitté.

Je sortis le cœur net, mais la tête assez pleine,

Et raisonnant tout bas sur la nature humaine :

Si, par hasard, disais-je, il me vient dans l'esprit
De composer un jour quelque sublime écrit
Sur l'amour du prochain, la vertu, la morale,
Ou sur les faux rapports, les caquets, le scandale ;
Pour tracer des tableaux et peindre avec succès,
Je prendrai mes couleurs chez le Juge de Paix.

# TABLE

PAGES

Hectolitre et Piquette . . . . . . . . . . . . . . . . . .   7

Une Audience de Juge de Paix. . . . . . . . . . . .   49

MARSEILLE. — Typographie et Lithographie H. SEREN, quai de Rive-Neuve, 3.

www.ingramcontent.com/pod-product-compliance
Lightning Source LLC
Chambersburg PA
CBHW071250210626

46818CB00013B/819